三國風雲人物傳 ⑧

關羽的顯赫戰功

宋詒瑞 著

新雅文化事業有限公司
www.sunya.com.hk

目錄

本書內容參考並改編自史書《三國志》、小說《三國演義》及其他有關資料。

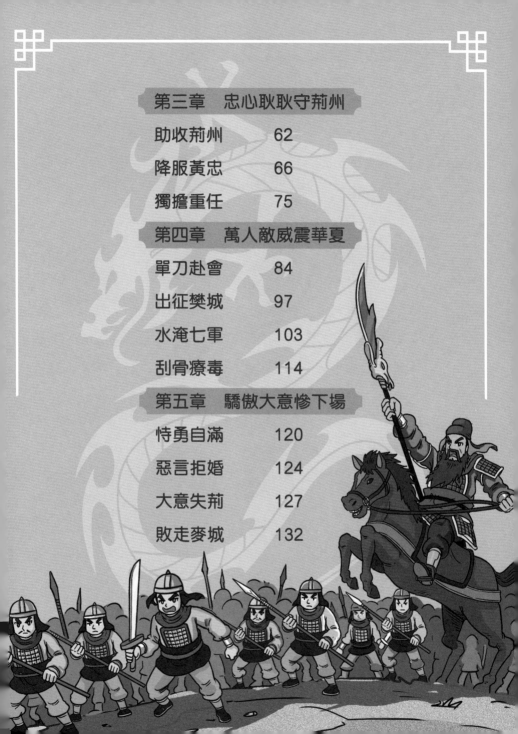

三國人物關係圖

曹操陣營

謀士

軍師

司馬懿 字仲達

郭嘉 字奉孝

曹操 字孟德

武將

徐晃 字公明

張遼 字文遠

夏侯惇 字元讓

曹洪 字子廉

曹仁 字子孝

劉備陣營

五虎大將軍

關羽 字雲長
義兄弟

張飛 字翼德
義兄弟

劉備 字玄德

皇叔

妻子

趙雲 字子龍　馬超 字孟起　黃忠 字漢升

武將

義子

關平 字坦之

周倉 字元福

謀士
軍師

諸葛亮 字孔明

哥哥

孫權陣營

孫權 字仲謀

家族 →

妹妹 孫尚香

父親	孫堅 字文臺
母親	吳國太
哥哥	孫策 字伯符

軍師

武將

黃蓋 字公覆

周瑜 字公瑾

陸遜 字伯言

呂蒙 字子明

謀士

魯肅 字子敬

諸葛瑾 字子瑜

天子及諸侯們

漢獻帝

脅持 →

父親
↓

漢靈帝

董卓 字仲穎

義子 →

武將

呂布 字奉先

華雄

袁術 字公路

弟弟 →

袁紹 字本初

武將

顏良

文醜

救護弟兄顯忠義

——— 穰山救兄 ———

關羽和劉備、張飛失散後，日夜思念，終於在張飛駐守的古城得以相聚，欣喜之情**不在話下**。此外，劉備在途中遇到了一直想投靠他的年輕猛將趙雲，與他一同來到古城；關羽又帶來了臥牛山山王周倉及其隨眾，其他土匪因為崇拜關羽而紛紛前來投靠，及後他更在古城收得義子關平（是他族兄弟關定的兒子）；以前**流離失所**的伙伴們也回來相聚，真是喜

事連連。於是，他們在這小城殺牛宰羊，大擺筵席，慰勞各路人馬，接連歡慶了數日。後來有人寫詩讚道：

當時手足似瓜分，信斷音稀杳不聞。
今日君臣重聚義，正如龍虎會風雲。

　　歡聚過後，劉備與關羽及張飛商量日後大計。張飛已在古城站住腳，想留在此城，但是關羽說：「三弟雖然在這裏已經**招兵買馬**、屯草積糧，手下有了數千人馬，做得非常出色，但是古城畢竟太小，不適合日後的發展，最好還是另覓地方。」劉備也有此意。

　　關羽又提出具體建議：「我看大

哥剛從汝南過來，那裏倒是一塊好地方，地處平原，有穎水、淮水，一向是貫通中原地區南北的水陸碼頭，大有發展前途。」

張飛擔憂：「那裏不是黃巾餘黨的盤踞地，合適嗎？」

劉備笑道：「那時我藉口去汝南掃平黃巾脫離了袁紹，汝南的劉辟、龔都早就歸順了我，去那裏沒問題。」

恰好這時汝南的劉辟、龔都也派人來請劉備，於是劉備就放棄古城，帶領四五千人馬前往汝南。

　＊　　　＊　　　＊　　　＊

劉備和關羽分別從袁紹和曹操那

裏抽身出來後，曹操和袁紹為了爭奪北方霸權越戰越烈。經過官渡、倉亭兩次戰役，袁紹大敗，**氣急攻心**，回冀州養病，並商議如何再戰曹操。

劉備在汝南內外整頓，發奮圖強，漸漸有了一定的實力。另一方面，雖然之前參與董承對付曹操一事告吹，加上他以前**寄人籬下**無法顧及，現在安定下來了，便與關羽、張飛商量如何具體行動。

劉備有個計劃：「趁現在曹操在北方與袁營打得火熱，我們去許都把獻帝救出來，擺脫曹操的操控。」

關羽也說：「目前曹操的兵力消耗

很大，看來無法顧及許都。我們這裏的兵力已經加強，可以利用這一機會。」

於是，劉備留下劉辟守住汝南，親領部隊向許都進發。曹操得到消息，連忙帶兵轉回許都，兩軍在穰山相遇。

曹操大罵劉備**忘恩負義**，劉備朗讀詔書宣戰。曹將許褚出戰，趙雲迎戰，打得不分勝負。此時關羽從東南面、張飛從西南面一齊殺出，曹兵因長期作戰已經疲乏不堪，不敵兩大猛將的奮力進攻，狼狽敗走。

之後曹軍連日不出戰，原來曹操**聲東擊西**，派夏侯惇去攻打劉備大

本營汝南；又命令夏侯淵包圍劉備的運糧隊。關羽帶六千兵馬趕回汝南救急，張飛則去救龔都帶領的運糧隊。

誰知關羽還沒趕到，汝南就被攻破，劉辟棄城逃走，關羽反而被曹軍包圍住，戰況緊張；張飛那邊也不妙，沒救成運糧隊，反倒落入曹軍包圍圈中。劉備身邊只剩幾千人，撤退路上又受到許褚、張郃等人帶領的伏兵攻擊，傷亡不少，只得退入一處山隘暫避。危機之時趙雲趕到，與張郃交戰三十多回合，張郃敗走，但還是守住山隘口，使得劉備不得脫身。這時，傳來一陣急促馬蹄聲，趙雲回頭

一望，是關羽趕到。原來，關羽奮力衝出包圍，帶領周倉、關平及三百士兵前來救急。關羽的殺到使得士氣大振，他們合力殺退張郃，保護劉備邊戰邊退，總算逃出了重圍。

關羽對劉備說：「大哥現在不會有事了，請先找地方歇腳，我去尋找三弟。」

當關羽趕到時，張飛正被樂進圍住。原來張飛要去救龔都，但龔都已被夏侯淵殺死，他雖然擊退夏侯淵，卻被樂進困住。幸虧關羽及時來到，殺退樂進，二人一起回到劉備身邊。劉備一行狼狽退到漢江邊，暫且安營

休息。

劉備面對眾將歎道：「我劉備連累了大家，請你們不要再跟隨我了，去投奔賢明的君主吧！」

關羽勸說：「大哥別這樣說。往日高祖與項羽爭天下，屢敗屢戰，後來成功開創四百年大業。**勝敗乃兵家常事**，不可喪志啊！」

謀士孫乾也鼓勵劉備：「沒錯，不要因一時失敗便氣餒。這裏離荊州不遠，荊州牧劉表兵強糧足，也是漢室宗親，皇叔何不前往暫棲？」

劉備猶疑道：「但恐怕劉表容不下我們。」

　　關羽說：「這是個好主意，大哥先不用疑慮，可請孫先生先去接洽，大哥隨後再前往。」

　　曹操佔領了汝南，拔掉了劉備的基地，劉備又變得無家可歸，目前也只有此路可行了。於是，關羽和張飛就跟着大哥去荊州。

暫處新野

　　關羽隨劉備去荊州投靠劉表。荊州牧劉表聽到宗親劉備要來，親自走出襄陽城外三十里迎接，對他的兩位義弟也熱情相待，並以**上賓之禮**宴請劉備一行。

　　關羽見這位號稱「八俊之一」的名士身高八尺有餘，相貌溫順厚道，談吐**文質彬彬**，頓時對他產生了好感，對劉備這一決定放下心來。他悄聲對張飛說：「三弟，看來大哥這次做對了，這裏可以是我們的落腳之地。」張飛點頭**連聲稱是。**

　　劉表本來待劉備不錯，經常與他喝酒談心，但有一次劉表說起兩名兒子繼位之事，劉備認為應該按長幼次序立長子劉琦，幼子劉琮之母蔡夫人得知後很是惱怒；另外蔡夫人的哥哥蔡瑁總是在劉表面前說劉備的壞話，劉表對劉備漸漸起了戒心，安排劉備駐兵在距襄陽東北五十里的新野，負責荊州北部的防務。

　　來到新野，關羽和張飛協助劉備打理當地事務，吸引了荊州的豪強前來歸附，劉備的兵力漸漸擴大。

　　有見及此，蔡夫人和蔡瑁設計要害劉備，邀請他去襄陽開歡慶豐收大

會。孫乾和張飛都認為此行**危機四伏**，勸劉備別去，但是關羽説：「劉表還是信任大哥的，從來不會責備你，他不會聽任他人胡亂加害你。大哥若是不去赴會，反倒會引起他人的疑心。好在襄陽離此地不遠，我們也可照應，你還是去吧。」

於是趙雲帶三百士兵護送劉備赴會，席間蔡瑁果真想有所行動，幸虧有人報信，劉備藉口溜出大會，騎馬飛躍檀溪，由趙雲接應回新野。

＊　　　＊　　　＊　　　＊

曹操在消滅袁紹勢力平定北方後，一心想攻取荊州。他派遣曹仁、

李典和降將呂曠、呂翔帶領三萬士兵屯駐樊城。呂曠、呂翔想立功，向曹操要了五千精兵進攻新野，揚言要取劉備頭顱。劉備有位謀士名叫徐庶，他建議派關羽帶一路人馬從左邊抵抗曹軍中路，張飛帶兵從右面截斷曹軍後路，劉備與趙雲從前路迎敵。

戰鬥開始，趙雲把呂曠刺於馬下，關羽從左面殺出，張飛配合，殺了呂翔，劉軍大勝而歸。

曹仁大怒，引領大軍來報復。劉備設計先自燒兵營，把曹軍誘進埋伏圈，曹仁急忙收兵，正要渡北河而逃時，張飛殺至，大半曹兵淹死水中，

關羽趁機攻進了樊城。當曹仁**死裏逃生**，渡河來到樊城叫開城門時，只聽得城樓上擂起戰鼓陣陣，關羽騎馬揮刀衝出城門大喝道：「我關雲長已經早早取得樊城了！」曹仁大驚，回馬就逃，大敗返回許都，折損了大半軍馬。

拜服軍師

曹操得知為劉備出計取勝的是謀士徐庶，就設法利用徐母誘得徐庶來到曹營。

徐庶臨走前向劉備推薦了隱居在南陽臥龍崗的諸葛亮代替自己。劉備與關羽、張飛商議說：「我們漂泊多

年沒做成什麼大事，就是因為沒有一位稱職的軍師**出謀劃策**，好不容易得到徐庶，卻被曹操威逼而去……」

關羽很不滿：「大哥不應該讓徐庶離去，他對我們很有用啊！這次大敗曹軍全靠他的巧妙安排，他若去曹營效力，不是反倒害了我們嗎？」他甚至做了一個手勢，暗示不如殺了徐庶，以除後患。

劉備搖搖頭解釋說：「徐庶是出名的孝子，他母親被迫困在曹營，他是一定要前去陪伴在側的。這樣的孝道**無可非議**，怎能說殺了他呢？但他保證到了曹營絕不會為曹操獻出一條

計謀，還向我推薦了一位能人……」於是劉備向關羽和張飛介紹了諸葛亮的情況，表示要去誠邀這位人物來協助。

關羽完全理解劉備的處境和**求賢心切**的心情，便道：「大哥所言極是，聽大哥的。」張飛當然也沒異議。

雖然關羽支持劉備拜訪他口中的能人，但這個諸葛亮實在太囂張了，不僅要劉備**紆尊降貴**求見，還要先後兩次拜訪都不在家。到了第三次，關羽忍不住說：「這年輕人值得我們如此一而再、再而三去請嗎？」張飛甚至說要用麻繩把他綁來。但這次，諸

葛亮終於被劉備的**三顧茅廬**打動，願意出山相助。

諸葛亮的「隆中對」給劉備分析了天下大勢，提出了獲取荊益兩州作為基地、聯手東吳合力抗曹的策略，劉備頓時覺得如同**醍醐灌頂**，便拜諸葛亮為軍師。劉備待諸葛亮如上賓，與他同吃同住，**形影不離**，時常一起議論天下大事，無形中就有些疏遠了兩位義弟。

關羽和張飛不免有時會發發牢騷，張飛毫不客氣地對劉備說：「我看這**乳臭末乾**的小子不會有什麼本事，大哥可別上當啊！」

關羽則說：「大哥貴為皇室宗親，如此重視這一毫無資歷的年輕人，還拜為軍師，實在有失身分啊！」

面對兩位義弟的不滿，劉備正色說：「我有了他，就好似**如魚得水**，請兩位賢弟別再多言吧！」

　　好在諸葛亮不久便顯示了他的實力。曹操經歷上次大敗當然不會**善罷甘休**，他派了夏侯惇率領大軍又來進攻新野，駐軍博望坡。關羽心想這個二十八歲的軍師會如何應對。

　　諸葛亮以劉備的印信安排關羽和張飛各領千人帶着火種埋伏在兩邊山坡，趙雲迎敵作戰，劉備作後備力量。關羽冷冷地問道：「各人都有出戰任務，軍師做什麼呢？」諸葛亮說：「我坐守城內為各位準備慶功宴！」

　　果然，趙雲上陣，假裝與夏侯惇邊戰邊退，把曹軍引入埋伏圈，兩旁伏兵點火，將曹兵燒得屁滾尿流，關

羽和張飛再帶兵衝出來廝殺，曹兵被殺得**所剩無幾**，如此三千人輕鬆打敗了數萬曹軍！

關羽和張飛不得不由衷欽佩諸葛亮的**用兵如神**，當面向他道歉，並讚道：「軍師真是豪傑啊！」從此他倆對諸葛亮佩服得**五體投地**，再無異言。

第二章
華容道上還舊情

求救江夏

曹操經博望坡之戰，深感劉備是個**心腹之患**，要早日鏟除，才能平定江南。此時的曹操已經基本統一了北方，實力較強，就想南下奪取荊州和江東。於是他動用五十萬大軍，親自帶領向襄陽撲來。

劉表本已年老多病，得到消息後驚嚇過度，病情加重，不日離世。蔡夫人和蔡瑁立幼子劉琮繼位，鎮守江夏的長子劉琦要來奔喪都不得進門。

曹操**大軍壓境**，劉琮投降，但劉備對此以及劉表身亡之事一無所知。

劉琮派大臣宋忠把降書送到曹操營地宛城，曹操大喜，封劉琮為青州刺史。宋忠回襄陽的路上將要渡江時，忽有一支人馬迎面而來，原來是關羽帶領士兵在巡邏。宋忠心想大事不好，正想迴避已來不及。關羽策馬上前問道：「宋先生為何在此？」

宋忠**支支吾吾**，無言以對，引起關羽懷疑，再三追問，宋忠才不得不據實告知。

關羽大吃一驚，覺得事態嚴重，立刻帶宋忠去見劉備。劉備聽說劉表

已逝，痛哭一場。正在商議對策之時，接報說曹軍已到博望，看來新野已經保不住，劉備決定向南到樊城避開曹軍的鋒頭。新野的百姓都捨不得劉備，要隨他一起撤退。

關羽領命帶領一千人去漢江支流白河上游，用布袋堵住河水，埋伏下來。由曹仁、曹洪帶領的曹軍開進新野，發現已是一座空城。夜宿期間，城內四面起火，趙雲帶兵衝出來廝殺，曹兵逃出新野來到白河邊，關羽下令撤走河中布袋，河水滾滾直下，把曹軍衝得**七零八落**，死傷過半。這時張飛也帶兵衝殺過來，護送劉備一

行坐船渡河來到樊城。曹仁帶領殘兵到新野暫駐，並稟報曹操。曹操先派徐庶勸降，但關羽、張飛等堅決支持劉備拒降，誓要抗敵到底。於是，曹操又起兵渡河殺向樊城。

劉備和諸葛亮決定放棄樊城，再次帶着百姓南下渡過白河，退向襄陽。但是劉琮不敢來見劉備，蔡瑁還下令用亂箭射向劉備一行，劉備不忍同行百姓受傷，只好再向南奔去江陵。

這支隊伍有軍民十多萬人，行走緩慢。眼看曹軍很快就會追到，諸葛亮建議讓關羽與孫乾帶領五百士兵趕去江夏向劉琦求救。

關羽得令後立即動身。為了給陷
於困境的劉備一行解危，他**心急如
焚**，令士兵**快馬加鞭**連夜趕路，飛速
到達江夏。

劉琦在襄陽受到排擠時，是諸
葛亮出主意叫他來江夏駐兵，擺脫了

與同父異母弟弟劉琮繼位之爭。他見到關羽急急前來求援，了解到事態嚴重，立刻與關羽商量接應之事，並着手安排船隻和兵力。

關羽見劉琦如此熱心幫助，大為欣慰。劉琦留他在江夏多休息幾天，他說：「不了，**救急如救火**，大哥那裏形勢危急，我一刻也不能多耽誤。等到船隻準備好，我就馬上啟程。」

曹操聽說江陵是荊州重地，錢糧豐足，若被劉備**捷足先登**便不利，於是他親自帶領五千騎兵追趕過來。

情況緊急，但關羽還沒有消息，諸葛亮只得自己也趕去江夏催促。諸

葛亮抵達江夏之時，劉琦已經調度了兵力和船隻，關羽正準備動身。關羽向諸葛亮匯報了情況，諸葛亮要他先趕去接應劉備，他則留下來視察江夏的環境，考慮日後的落腳地。

曹軍在長坂坡追上了劉備，兩軍交戰，劉備的隊伍被打散了。幸虧張飛奮力殺敵，掩護劉備撤退。看來江陵是去不成了，他們就前往漢水的渡口漢津，準備在那裏南渡去江夏。

這時，曹操領軍追至，劉備哀歎：「前有大江，後有追兵，如何是好？」正在此危急關頭，山後轉出一隊軍馬，只見關羽手執青龍偃月刀飛

奔而出，大叫道：「我在此等候多時了！」

曹操一見**威風凜凜**的關羽殺到，懷疑隨後有伏兵，把刀虛晃了幾下，見機不妙就撤退。

關羽帶領着江夏的一萬人馬，本來應去江陵接應劉備的，但他聽諸葛亮說曹操的大軍在緊追劉備，**氣勢洶洶**，估計劉備這支臃腫的隊伍對付不了，如此就到不了江陵而只能到漢津上船。於是他帶軍急急向漢津趕去，令孫乾帶船隊順水路到漢津渡口等候。想不到在半路就遇到了曹軍追殺劉備，於是他**大顯身手**嚇退曹軍，保

護了劉備及其隊伍。

關羽帶引劉備一行來到漢津，只見數百艘船整整齊齊地排列在水面靜靜等候。劉備高興得連聲誇獎關羽：「二弟，多虧你了，做得好！」關羽覺得自己**不負眾望**順利完成任務，心中不免也**洋洋得意**。

眾人在船上坐定互訴別後情況，而劉琦和諸葛亮也分別坐船前來會合。諸葛亮告訴劉備說，他觀察了江夏一帶的情況，覺得江夏西邊的夏口形勢險要，物質也豐富，適合久守，可以駐紮。劉琦則建議劉備先到江夏整頓軍馬再赴夏口。

於是，關羽先帶兵五千守住夏口，劉備隨劉琦去江夏。

化險為夷

曹操把劉備從新野、樊城、襄陽一路追趕逼去了江夏，自己便佔領了荊州南面四郡，**兵威大振**。他**軟硬兼施**，一方面派使者去東吳，勸說孫權聯手對付劉備；另一方面向孫權發出檄文，如果他不投降，八十萬大軍便要來收拾東吳。

駐紮在柴桑的孫權大驚，手下將領都認為目前東吳實力不足以對付曹操，不如投降，但謀士魯肅則竭力主

張聯合劉備抗曹。孫權便藉口為劉表弔喪，派魯肅去江夏，與劉備商量對策。正好劉備亦有聯手東吳之意，諸葛亮就和魯肅一起去柴桑，說服了孫權聯手抗曹，與東吳都督周瑜一起設計作戰方案。

劉備見諸葛亮走後沒消息，就差遣中郎糜竺去探聽虛實。周瑜接見了糜竺，說要與劉備共商大事，請劉備來東吳一見。其實周瑜見劉備紮兵在夏口，離東吳很近，想要趁早除掉這個隱患。雖魯肅再三勸周瑜別這樣做，他仍不聽。

劉備**不虞有詐**，準備要欣然前

往。細心的關羽卻**心生疑竇**，說道：「已有軍師在那裏與周瑜共謀，又何勞大哥前往？而且軍師沒有書信告知此事，周瑜是個多謀之人，可能此中有詐，大哥還是別去吧。」

劉備**不以為然**：「如今要聯手東吳抗曹，周瑜想與我商議戰事，我若不去，顯得沒有同盟之心，如此互相猜忌不利合作。」

關羽見劉備一心要去，就說：「既然大哥主意已定，我也一同去。」

張飛也想跟去保護，但劉備要他和趙雲守住夏口。

劉備和關羽帶了二十多名隨從乘

坐一葉小舟去東吳。周瑜聽説劉備只
帶了二十多人，心想這次他肯定沒有
回去的命了。

周瑜在營帳內設宴招待劉備。
關羽跟隨劉備走進營帳內，放眼四下
打量，瞥見裝飾牆壁的帷幕後面有異
樣，知道一定有埋伏。他不敢怠慢，
雖不能緊貼在入席的劉備身後，但他
也盡量保持最近的距離。他緊緊抓住
青龍偃月刀，兩眼炯炯盯着座席上的
周瑜，留意事態發展。

諸葛亮聽説劉備前來與周瑜見
面，**大吃一驚**。他悄悄來到營帳窺
看，見到帷幕後面密密站立着兩排刀

斧手，知道周瑜要下毒手，心中暗叫不好；但他又見劉備身後不遠處關羽手按大刀站立，便放下心來，沒有進入營帳內，轉身到江邊等候。

周瑜和劉備對飲數巡後，起身走到劉備身邊斟酒，這才見到站在劉備身後手按大刀、**金剛怒目**的關羽，連忙問道：「這是誰啊？」

劉備答道：「這是我二弟關雲長。」

周瑜大驚，問道：「即是往日斬殺顏良、文醜二將的人嗎？」

劉備說：「是啊。」

周瑜嚇得**汗流滿面**，再也不敢

把酒杯擲地為號下令刀斧手動手了。他為劉備斟了酒，回到自己座位上。此時，關羽對劉備使了個眼色，劉備會意，起身向周瑜告辭。周瑜不敢再留，送他們出門。

劉備與關羽及隨從來到江邊，諸葛亮已坐在小船上等他。諸葛亮問劉備：「主公是否知道今天你很危險啊！」劉備懵然不知。

諸葛亮說：「若不是雲長在，主公今天就會被周瑜害了啊！」

劉備這才**恍然大悟**，笑對關羽道：「二弟，多虧你呀，我才能化險為夷！」

　　周瑜送走了劉備回到營帳，魯肅不解地問：「都督既然已把劉備誘來，怎麼又不動手？」

　　周瑜答道：「關雲長是**赫赫有名**的虎將，他與劉備形影不離，若是我動手，他一定會殺了我的。」說罷，回想剛才的情況，他仍**心有餘悸**，不由自主地抖索了一下。

華容讓道

　　諸葛亮與周瑜聯手，為了抗曹大戰，設計了各種策略。所謂**兵不厭詐**，諸葛亮策劃了在大霧瀰漫的夜間，用草船佯攻曹操軍營，引得曹

軍齊發亂箭，獲得十萬枝箭。另一方面，東吳這邊由大將黃蓋上演了一場苦肉計，詐降曹操，並約好乘船前往投降的日子……

大戰在即，劉備已經準備好軍馬戰船等候諸葛亮調用，以配合東吳軍追擊曹操的行動。眾將都來聽命。

各將領於營帳集合後，諸葛亮便逐一下達命令。他令趙雲帶三千軍馬渡江，埋伏在烏林小路的樹木中，估計曹操會從那裏逃往許都；又令張飛領三千兵渡江，埋伏在葫蘆谷路口，說曹軍會來此埋鍋煮飯；另外命令三將駕駛船隻沿江剿滅敗軍，收繳武器。

在這期間，關羽一直坐在旁邊，
但是諸葛亮對他**不理不睬**，沒有派給
他任務。

關羽終於忍不住了，**憤憤不平**地道：「我跟隨大哥征戰多年，總是衝鋒在前，從來沒有落在後面。今天要殲滅曹賊大敵，軍師卻不用我，這是什麼意思？」

諸葛亮笑道：「雲長且莫責怪。我本是想安排你把守住一個最緊要的關口，但是有些顧慮，不敢派你去。」

關羽感到很奇怪，問道：「軍師有什麼顧慮？請直說吧。」

諸葛亮說：「往日曹操厚待雲長，想必該**有恩必報**。如果曹操兵敗，肯定會從華容道退走。假如是你把守那裏，一定會放過他的，所以不

敢派你去。」

關羽大悟，坦然說：「軍師多心了！當日曹操是待我不錯，但我已為他斬了顏良和文醜，又解了白馬之圍，已經報了恩。今日若是遇到，怎會輕易放過他？」

諸葛亮就說：「若是真的放了他，那怎麼辦？」

關羽堅定地回答：「我願意依照軍法處置。」

諸葛亮說：「既然如此，就立下軍令狀。」

關羽立下了軍令狀，又問：「假如曹操不從華容道過呢？」

諸葛亮說：「我也可立下軍令狀！曹操想逃往江陵，一定經過這三條岔路，前兩條已有趙雲、張飛把守，最後一條就看你的了！」於是諸葛亮也立下了軍令狀，保證曹操一定會經過華容道，關羽這才大喜。

諸葛亮還想好了具體布置方法，說：「雲長可在華容道的高山處堆起柴草，放一把火引起煙，引曹操過來。」

關羽不明白了：「但是曹操見到煙，估計有埋伏，便會不肯過來啊。」

諸葛亮笑着說：「兵書裏不是有虛虛實實的說法嗎？曹操見有煙，會

認為我們是**虛張聲勢**，他偏偏會奔過來，你可別手下留情啊！」於是，關羽帶了五百刀手直奔華容道，劉備和諸葛亮就到樊口去看周瑜用兵。

當晚半夜，黃蓋的詐降船當先鋒駛向曹軍，點燃火把，把曹操用鐵鏈連接的「連環船」燒起來，釀成了**火燒赤壁**的大戰。曹操大敗，損失大半士兵，軍營陷入一片火海。曹操帶着將領張遼和百多名騎兵衝出火林，逃過趙雲和張飛的襲擊。張遼環顧四周尋路，指着一條較寬的路說：「只有烏林這條闊路可走！」

走了不久，前面有一大一小兩條

路，探子報告說小路是華容道，是條近路，但崎嶇難行，山邊有煙冒起；大路平坦，但去江陵要多走五十里，路上沒有動靜。部下問曹操走哪條路，曹操說：「諸葛亮必定在大路埋伏，故意在小路放煙讓我們不敢走，別上他的當！」

隊伍走入華容道，誰知山路狹窄，積水成泥，人馬陷入泥濘中難以行走。曹操命令士兵撿拾柴草鋪墊地面，**舉步維艱**。好不容易走出此段，踏入比較平坦乾燥之地，曹操揚鞭大笑：「周瑜、諸葛亮只是**無能之輩**，若是在此設下埋伏，我們就束手就縛了！」

　　正在此時，只聽得一聲轟響，忽
有五百士兵揮刀在華容道盡頭一字排
開，為首衝出的一員大將手提青龍偃
月刀、腳跨赤兔馬，正是大將關羽帶
兵截住了去路。

曹兵個個嚇得**魂飛魄散**，面面相覷，認為今日死期已到。

謀士程昱對曹操說：「雲長素來講求信義，不妨向他提及舊日恩情，可望脫險。」

曹操策馬上前招呼：「將軍別來無恙吧？」

關羽板着臉說：「奉軍師之名在此等候很久了。」

曹操委婉地說：「今已兵敗，**走投無路**，還望將軍念及舊日之情……」

關羽不耐煩地打斷他：「往昔確實得到厚待，但雲長已經斬顏良殺文醜，又解了白馬之危，此恩已報。今

日怎能**因私忘公**？」

曹操回答說：「將軍想必還記得，離開許都時連斬了我的六位部將，最後我也沒有追擊，而是下令放行。將軍是講信義的人，深明《春秋》中古人信義之道啊！」

關羽**無言以對**，想起昔日曹操敬重他的種種恩情，又見面前這批**殘兵敗將**狼狽可憐，他的心就軟下來。

於是關羽撥轉馬頭讓開了路，曹操等急忙在空隙間衝了過去。

關羽再回頭一望，曹操已離去，士兵也跟着要走，他忽然大喝一聲，曹兵以為他不肯放過他們，都嚇得跪

下來哭拜。關羽**於心不忍**，就統統放走了。

關羽回到夏口，見劉備與諸葛亮及眾將正在慶功。諸葛亮見他回來，馬上趨前說：「將軍辛苦了！」見關羽不語，他又問：「難道將軍因為我們沒前來迎接，而悶悶不樂？」

關羽說：「雲長前來領死。」

諸葛亮問：「怎麼了？難道曹操沒從華容道走？」

「是從華容道走，但我無能，被他走脫了。」關羽低聲說。

「嗯，想必是雲長念及舊日之恩放走了他。既然有軍令狀在此，就不得

不法辦。」説着命令軍士推他出去斬。

　　一旁的劉備説話了：「我與二弟三弟結義時，曾發誓共生死。如今二弟雖犯了軍紀，我們的誓言卻不忍違背。先記過處罰吧，容他**將功贖罪**。」

　　諸葛亮當然**順水推舟**，饒了關羽。事後他對劉備説，他安排關羽去守最後一關，就是要給他機會放過曹操，還清了舊情，這樣他才能徹底放下這個心中包袱。

第三章
忠心耿耿守荊州

助收荊州

曹操在赤壁大敗後，指派曹仁守南郡的江陵、夏侯惇守襄陽，自己帶軍撤出荊州退到北方。孫權和劉備都想奪得荊州，周瑜先去攻南郡，把曹仁引出城外作戰。趁周瑜和曹仁交戰期間，諸葛亮用計派趙雲佔了南郡城、張飛襲擊了荊州，關羽坐不住了，向諸葛亮**請纓**：「軍師，我看夏侯惇的襄陽也可拿下來！」

諸葛亮笑道：「我也正在打這個

算盤呢！但是無須勞煩雲長動兵刃，我自有辦法。」

「是嗎？雲長願洗耳恭聽。」關羽很好奇。

諸葛亮把他的**錦囊妙計**告訴了關羽，關羽由衷欽佩，全力配合。於是諸葛亮用偽造的兵符騙夏侯惇出城去援救曹仁，關羽就趁機輕易攻入襄陽，沒有**一兵一卒**的傷亡，他連連歎道：「唉，沒有好好打一仗，真不過癮！」關羽被封為襄陽太守、蕩寇將軍。

劉備的下一步是攻取荊州地區內江南的四個郡，並按地理距離，先取最近的零陵，然後是武陵和桂陽，長

沙在最後。劉備指派關羽守住荊州，他和諸葛亮調兵去零陵。

先是零陵太守劉度投降了劉備，後有趙雲和張飛分別取得了桂陽和武陵。劉備高興得寫信給駐守荊州的關羽，告訴他這個好消息。

關羽寫了一封回信，信上說：「聽說還有長沙尚沒收下，若是大哥不認為雲長沒用，讓我來完成這個功勞吧。」

劉備大喜，就派張飛連夜趕去接替關羽守荊州，讓關羽去攻長沙。

關羽來見劉備和諸葛亮。諸葛亮對關羽說：「趙雲和張飛出兵取兩

郡，都是帶三千人馬去的。現在這個長沙太守韓玄雖然**不足為道**，但是他手下有一名大將，是南陽人，姓黃名忠，字漢升。他雖然已年近六十，卻有**萬夫不當之勇**，不可小看他，雲長

要多帶些兵力去。」

關羽**不以為然**：「軍師為何說這些話來長別人威風、滅自己的志氣？區區老人，**何足掛齒**？我不用三千人馬，只要帶五百名持刀的軍士，一定斬下黃忠和韓玄的頭帶來獻上！」

於是，關羽只帶五百人動身。諸葛亮見他如此大意，恐怕此去可能有失，在他離開後便讓劉備前去接應。

降服黃忠

長沙太守韓玄是個殘暴嗜殺的人，很不得人心。他聽得關羽帶軍前來，便與老將黃忠商議。

　　黃忠**武藝高強**，他的那把戰弓重約百斤，射箭**百發百中**，無人可敵。他豪氣地說：「憑我這把刀和這副弓箭，別說是關羽一人，一千個來，一千個討死！」

　　另一大將楊齡**急於求功**，要先去打頭陣。他帶領一千人出陣叫罵，關羽見出來的是一無名小將，被激得大怒，揮刀上前不到三個回合，就把楊齡砍在馬下，然後策馬追殺敗兵直到城下。

　　黃忠出戰了，他帶領五百騎兵飛奔過吊橋出城。關羽見是一名老將，但腰背挺直，**精神矍鑠**，心知定是黃

忠，便把五百人馬一字排開，高聲問道：「來將是黃忠嗎？」

黃忠**怒氣沖沖**：「既知我名，何故來侵犯我城？」

關羽答道：「我是來取你首級的！」

一言不合，兩人開始交戰，打了一百回合不見勝負。韓玄怕黃忠**體力不支**，下令收兵。關羽心想：老將果真名不虛傳，一百回合中不見有什麼破綻，明日要用拖刀計來對付他。

隔天早上，兩人又開打。交戰了五、六十回合，雙方戰鼓雷動，士兵助戰吶喊，為兩員大將的武藝連聲叫

好。見彼此仍**不分上下**，關羽就撥轉馬頭回走，等黃忠趕上來時，關羽回身正要砍下刀去，只聽得一聲響，黃忠的坐騎失蹄倒下，把黃忠掀在地上。黃忠身後的士兵們都大驚，以為這下老將軍一定沒命了！

關羽見倒在地上的黃忠已呈老態，頭盔下露出的髮鬢也已發白，心中不忍心砍下這一刀；何況自己「**生平不斬落馬之人**」，怎能如此**乘人之危**下手？

關羽趕上前去，用大刀指着地上的黃忠喝道：「暫且饒了你的性命，趕快換了馬再來打！」

黃忠急急拉起戰馬，飛身騎上直奔進城。韓玄責問他：「你為什麼不向他射箭？」

黃忠說：「明天再打時設法把他引到吊橋邊射殺。」但是他心中很猶豫：關羽如此有義氣，不忍砍殺失馬的我，我又怎忍心射殺他？

關羽打了兩天尚未取勝，心中有些急躁，次日一早就來叫陣。黃忠迎戰，打了幾十個回合就假裝敗走，退向吊橋。他舉起弓箭要射，但是想

72

到昨天關羽不殺之恩，不忍下手，就虛發了一箭，弓弦一聲響，關羽側頭一避，卻不見

有箭飛來。關羽就趕上前去，黃忠又射了一次空箭。

關羽還以為黃忠不會射箭，就放心追上來。黃忠被逼急了，開弓搭箭真的發了一箭，只聽得嗖的一聲，此箭不偏不斜，正射中了關羽頭盔的垂纓根上，士兵齊聲叫好！關羽吃了一驚，撥馬回營，心想：這位老將果真屬害，有**百步穿楊**的本領！今日只射

了我的盔纓，正是報我昨日不殺之恩啊！看來也是個講義氣的人。

韓玄認為黃忠故意不殺關羽，是內通敵人的叛徒，下令把黃忠推出去斬首。但韓玄的將領魏延砍死了刀手，救出黃忠，號召官兵叛變。眾人早就不滿韓玄，魏延**一呼百應**，帶人殺了韓玄，出城投降了關羽。

劉備正與諸葛亮帶兵來長沙接應關羽，半路接到捷報，進城歡慶。黃忠起初不肯出來相迎，劉備親自去邀請。黃忠有感於關羽的仁慈俠義、劉備的忠誠厚道，便投降作了劉備手下的一員大將。

獨擔重任

劉備得到了荊州的多個郡縣，加上有多名大將加入，經過多年費盡波折，終於有了自己的據點，實力大增。

東吳的孫權和周瑜很憤怒，但是魯肅主張把荊州借給劉備，用以抵擋曹操。雙方訂立了契約，以湘水為界分治荊州。劉備駐軍公安，保證取得西川後歸還荊州。

於是東吳撤出江陵，魯肅退到陸口，就算劉備日後進攻東吳，也能擋住他的去路。劉備親自駐在公安的屑陵，派關羽屯兵江陵、張飛在秭歸、

諸葛亮在南郡，形成數百里的一道防線。這樣，與魯肅正面對峙的就是守在江陵的關羽了。在此期間，關羽還重修了江陵城。

孫權見劉備勢力越來越強大，於是用了周瑜的計策，把妹妹孫尚香嫁給新近喪妻的劉備，把劉備誘入了東吳，想用奢華生活留住他，進一步牽制他。諸葛亮用計救出劉備，劉備帶着夫人逃到長江邊，諸葛亮坐船來接應，但是周瑜親自帶軍追趕，正在危急之時，只聽得一陣戰鼓聲響，關羽帶了一隊刀手從山谷轉出，迎戰吳軍。周瑜怕**寡不敵眾**，轉身就跑。關羽緊追，從旁又

殺出黃忠、魏延兩軍追趕吳兵，殺得吳兵大敗，上演了「周郎**賠了夫人又折兵**」的一幕。關羽又一次保護了大哥，使他**轉危為安**。

建安十六年（公元211年）曹操平定了涼州之後，想進攻漢中的張魯。當時，益州牧由劉焉之子劉璋繼承，張魯想先吞併益州，劉璋向劉備求救。劉備留下諸葛亮和關羽留守荊州，特別囑咐諸葛亮要全面負責荊州的各項事務。

劉備和另一位軍師龐統帶領數萬人馬西去益州，駐兵在葭萌關。後來劉備與劉璋決裂，並分兩路出兵進軍

西川的劉璋，但途中龐統中箭陣亡，劉備痛失軍師，急召諸葛亮前來商量如何進一步取得西川。

那天諸葛亮正與關羽等幾位將領坐着閒談，關平從前線趕來奉上劉備的信。諸葛亮看信後大驚，説：「龐統在落鳳坡喪身，戰事不太順利，主公急需我前去，我不得不去。」

將領們聽説這噩耗後，都擔心劉備他們在西川的情況。關羽也**憂心忡忡**，説：「荊州是軍事要地，關係重大，所以大哥讓我們一起守。軍師走了，僅我一人，怎能守得住？」

諸葛亮説：「主公在信中雖然沒

有明說此事，但我已經領會他的意思了。」

他把劉備的信給大家傳閱，說：「主公在信中把荊州託付給我，讓我**量才用人**。他差關平送信來，意思很明顯，是想讓雲長擔當這個重任。雲長與主公有桃園結義的情誼，一定能**竭盡全力**保護荊州。這個責任非同小可，希望各位也大力協助。」

聽諸葛亮這麼說，關羽知道大哥如此信任及重用自己，心中激動萬分。他即刻站起，慷慨激昂地說：「我雲長義不容辭，放心交給我吧！我**赴湯蹈火**也必定守住荊州！」

　　於是諸葛亮設宴話別，並當場把印綬捧給關羽，鄭重說道：「這責任全在將軍身上了！」

　　關羽雙手接印綬，一臉嚴肅地說：「大丈夫一言既出，領了重任，一定**全力以赴，一死方休**。」

　　諸葛亮聽他說了個「死」字，心頭掠過一絲不安，但仍想再盡力助他**一臂之力**，便問道：「假如曹操趁機帶兵來攻，你將怎麼做？」

　　關羽回答：「全力抵抗。」

　　諸葛亮又問：「假如曹操和孫權一起來攻，你將怎麼做？」

　　關羽答道：「分開兵力抵抗。」

　　諸葛亮說：「這樣做的話，荊州就危險了。我給你八個字，只要將軍牢牢記住，便可保住荊州——北抗曹操，東聯孫權。」

　　關羽虛心地說：「軍師的話，雲長**銘記在心**。」

　　諸葛亮把印綬交給關羽後，便命令文官馬良、糜竺、伊籍、向朗，武將糜芳、廖化、關平、周倉一起輔佐關羽防守荊州，他就帶兵入川了。

第四章

萬人敵威震華夏

單刀赴會

關羽深感身在荊州肩負對抗曹操和孫權的責任重大，不敢有絲毫馬虎。因為荊州在長江上游，向北可以進攻曹操的樊城，威脅許都；向東可以順江而下，直達東吳。劉備假如失

去荊州，就被限制了發展；孫權若失去荊州，就會受到劉備和曹操的雙重威脅，所以荊州是兩家必爭之地。關羽管轄的疆界與魯肅之地接壤，為了取得防務的主動權，關羽不時在邊界進行試探性的小規模進攻，以致荊州地區的形勢一直動盪不安。但是魯肅為了籠絡劉備對抗曹操，總是採取**息事寧人**的態度，把大事化小、小事化了。關羽因為沒有劉備和諸葛亮的部署，也不敢貿然有大動作。

建安十九年（公元214年），劉璋向劉備投降，劉備入主益州。孫權再次派人去向劉備要還荊州，但是劉

備説要等他平定涼州之後再交還，孫權很無奈。當時，諸葛亮的哥哥諸葛瑾在東吳任職，謀士張昭便獻計，把諸葛瑾的一家大小扣押，逼諸葛瑾去益州向諸葛亮哭訴，求劉備歸還荊州以救他家眷。劉備看在軍師諸葛亮的面上，同意歸還長沙、桂陽、零陵三郡，即是一半荊州。

諸葛瑾拿了劉備給關羽的書信到荊州去見關羽，説：「皇叔答應先歸還三郡，希望將軍立刻交割。」

關羽**勃然大怒**：「我與大哥桃園結義發誓匡扶漢室，荊州是大漢的疆土，怎能分給他人？大哥雖寫了信，

但是將在外，君命有所不受，我有責任守住荊州，不能給！」

諸葛瑾哀求說若是拿不到三郡，他便全家性命不保。關羽冷笑道：「這是孫權的詭計，騙不了我！」

諸葛瑾再三求他，關羽手執大刀不耐煩地說：「不要多說了，我這寶刀是不認人的！若不是看在軍師的面子，我叫你回不了東吳！」

　　諸葛瑾只好**無功而回**。孫權大怒，說：「既然劉備已經答應歸還此三郡，那我就派官員去接管。」他採取強硬手段，提拔了三名新人，任命為長沙、零陵、桂陽的太守，責令他們去三郡上任。

　　這三位新太守明明知道守住此三郡的是萬人敵關羽，怎敢**雞蛋碰石頭**？但是軍令又不敢違背，只得戰戰兢兢帶軍前去。關羽聽說此事，憤然大怒。一方面下令三郡守將堅守住郡縣，另一方面親自出馬，趕到三郡**大發虎威**，面對打算前來上任的新太守及其隨行官員大吼道：「有我關雲長

在此，誰敢大膽闖入？還不乖乖滾回去！跑得慢就吃我一刀！」

三人只得狼狽逃回去稟告孫權。孫權命令呂蒙領兵二萬去強攻三郡，又令魯肅帶萬多名士兵駐紮在巴丘防止關羽來援救。劉備得到情報後，就令關羽全力抵禦，他也親自帶兵回到公安作關羽後援。

關羽號稱準備了三萬人馬來對抗東吳，自己挑選了五千名精兵在漢水岸邊紮營，與東吳將領甘寧的人馬隔河對峙，雙方**劍拔弩張**，形勢緊張。

吳營的魯肅不想就此**大動干戈**，他出了個主意，說由他出面請關羽到

陸口面談，他用好言勸關羽；若他不從，就用埋伏的刀斧手殺了他；若他不肯來，就派兵強攻。孫權同意這樣做，魯肅便邀請關羽會談。

東吳的來使送來魯肅的邀請信，關羽看後對來使說：「既然魯公相邀，我明日必定赴會，你先回去吧。」

關平問他：「魯肅請您赴會，一定不懷好意，父親為什麼答應他？」

關羽笑道：「我怎麼會不知他的意思？諸葛瑾回報說我不肯歸還三郡，魯肅就邀我去談歸還的事。我若不去，就會說我**心虛膽怯**。明天我只帶十幾人坐小船去，看他魯肅能把我

怎麼樣？」

關平說：「您以萬金之軀**獨闖虎穴**，恐怕不是劉皇叔所希望的吧？」

關羽豪氣地說：「我**身經百戰**，曾經**出生入死**都無所畏懼，還怕了這些鼠輩？既然已經答應了，就不能失信，一定要去！」

關羽只叫關平準備十艘快船，船上藏有水兵五百人，等候在江上，見到他的揮旗信號就駛過來接應。

第二天，魯肅在陸口臨江亭布置好筵席，江邊兩側埋伏了士兵，亭後有五十名刀斧手待命。雙方約定兩軍相距百步之外，將領們只帶單刀赴會。

到了約定時辰，魯肅見遠處駛來的小船上高懸繡着「關」字的大紅旗，青巾綠袍的關羽端坐船中，周倉手持青龍偃月刀站立一旁，身後有十來個腰掛佩刀的大漢，氣勢軒昂，震懾人心。席間關羽**談笑自若**，魯肅**小心翼翼**，擇詞試探。

酒過三巡，魯肅開口道：「皇叔既然已經取得西川，理應歸還荊州了，不能失信啊！」

關羽搖頭說：「此等國家大事，酒席間不宜談。」

魯肅**不依不饒**：「皇叔已經答應歸還三郡，雲長不放手，於情於理都

不合適啊！」

關羽說：「那就算算舊賬吧！赤壁之戰，大哥奮力援助東吳，盔甲日夜不離身殺敵，怎可**勞而無功**，連一片土地也得不到？」

魯肅反駁說：「當初將軍與皇叔在長坂坡**走投無路**，打算逃竄遠方，是我們主公仁慈，給以庇蔭之地渡過難關。現在既然得到了西川，還霸佔着荊州，不是君子所為，不怕天下恥笑嗎？」

關羽說：「那是大哥的事，我不宜插手。」

魯肅追問：「你們桃園結義誓共

生死，皇叔的事將軍不能推脫吧？」

關羽還沒來得及回答，一旁的周倉卻屬聲道：「天下的土地應該屬於有德的人，怎麼是你們東吳獨佔的呢？」

關羽立刻起身，一把奪下周倉手中的青龍偃月刀插在地上，斥責他：「國家大事，豈能容你多嘴，還不快點退下！」

周倉會意，迅速退席，來到江邊揮旗發出信號，關平帶領船隻疾駛而來。關羽藉口周倉無禮，向魯肅道歉，並說自己喝醉了，荊州之事日後再議。他手握青龍刀拉着魯肅走向江邊，把魯肅嚇得魂不附體，東吳士兵

見狀怕傷了魯肅，都不敢動手。關羽
來到船邊才肯放開魯肅，向他告別，
坐船離去。

這次會談，關羽與魯肅**鬥智鬥勇**，化險為夷，安然返回。他膽識過人的英雄氣概為人稱道，使他在江東**威震一時**。

─────── 出征樊城 ───────

劉備繼得到益州后，在建安二十四年，從曹操手中奪得漢中。他自立漢中王，定都成都，立劉禪為世子，封關羽、張飛、趙雲、馬超、黃忠為「**五虎大將軍**」，而關羽位列首

位。關羽還被任命為前將軍，總領荊州的軍政事務。

　　曹操聽說劉備取得漢中後自立漢中王，氣得**暴跳如雷**，想立即帶兵去殺了他，但軍師司馬懿建議與東吳聯手對付劉備。孫權此時也正在為劉備

不肯歸還荊州而恨得牙癢癢，雙方便**一拍即合**，打算出動聯軍攻打荊州。

劉備得到消息後，與諸葛亮商議。諸葛亮預計曹操一定會派樊城的曹仁先出兵，建議讓關羽先去攻打樊城，使聯軍**膽戰心驚**，不攻而自行瓦解。

關羽領命後安排兩名將領傅士仁和糜芳當先鋒，領軍去荊州城外紮營。誰知，出征前夕這二人喝醉酒，不慎在營帳內引起火災，燒着了火炮，燒傷許多自己人，火勢急速蔓延。

關羽迅速帶領士兵去滅火，但是

軍糧和武器裝備都被燒毀了。關羽**怒氣沖天**，召來傅士仁和糜芳大聲喝道：「你倆本是要當先鋒出征的，現在闖下這等大禍誤了大事，我還留你二人有何用！快推出去斬了！」

任職州前部司馬的費詩勸說道：「出征前夕殺兩大將不利軍心，不如從輕處理吧！」

關羽一想覺得也是，便改罰他倆各挨打四十大板，撤了領軍職務，傅士仁去守公安，糜芳守南郡。關羽還說：「你二人不能再有什麼差錯了，不然，等我得勝回來，兩次的罪一併算賬！」兩人**唯唯諾諾**領命而去。

關羽改為任命廖化為先鋒，關平為副將，他自己總領中軍，馬良、伊籍為參謀，一同出兵樊城。

鎮守樊城的曹仁聽説是關羽領兵來犯，驚得不敢出戰。手下一名驍勇大將夏侯存認為不應在敵軍前示弱，鼓動曹仁留下大將滿寵守住樊城，他親自和夏侯存領兵出陣。關羽安排關平和廖化迎戰，並囑咐他們如此如此做。

廖化首先出馬，與曹將翟元交戰了一會兒就假裝敗陣，退走了二十里；第二日又照樣退了二十多里。指揮作戰的曹仁以為廖化實力不過如此，便放鬆了警惕，命令曹軍向前追趕。不料關平

從旁殺出，曹兵大亂。曹仁知道中了計，急忙帶軍從小路逃去。

一切都在關羽的預計之中，他就帶兵前去截斷敗軍的路。曹仁沒走多遠，只見前面出現一面繡着「關」字的大旗迎風招展。

　　旗下的關羽威風凜凜，騎馬揮刀攔住了去路，曹仁嚇得**心慌意亂**，只得避開關羽的風頭不戰而走。

　　夏侯存上前與關羽交戰，關羽見是一名小將，冷笑一聲，只一個回合就把他砍死。翟元見勢不妙，回馬逃走，被關平追上前去砍死。曹兵見主將逃的逃、死的死，早就嚇破了膽，作鳥獸散。此戰曹軍潰敗，曹仁退守樊城。

水淹七軍

　　隨軍司馬王甫對關羽說：「目前我們的形勢雖然很好，但是東吳呂蒙

接替魯肅死後在陸口屯兵，一心要吞併荊州。他隨時會趁我們攻打樊城的時候出兵，到時怎麼辦呢？」

關羽說：「這就可以用我早就想好的烽火報信了。你可去安排此事：沿着江邊每二十或三十里，選擇高丘地設立烽火台，每個烽火台駐兵五十。假如見到東吳兵渡江，白天就舉起煙棒報信，晚上就點燃明火，我一見到信號就立刻出發殲敵。」

王甫稱好，但又說：「只有傅士仁和糜芳守着那兩個隘口恐怕力量不足，必須再派一個人去監督荊州。」

「是的，我已派治中官潘濬去把

守，沒問題吧？」關羽問。

王甫有些擔心：「潘濬生性嫉妒，為人重利，我看不能任用。糧料官趙累忠誠清廉，假如改用他，可以**萬無一失**。」

關羽說：「我了解潘濬這個人，已經任命了，不好改動，而趙累掌管糧草也是重要的事。你不要多疑了，趕快去準備烽火台！」王甫只得**怏怏不樂**離去。

＊　　＊　　＊　　＊

曹仁損失了夏侯存和翟元二將，心裏煩悶，聽說關羽在渡江過來攻打樊城，便與眾將商議。謀士滿寵說：

「關雲長是一名虎將，既勇猛，又**足智多謀**，千萬不能輕敵，還是先堅守。」部將呂常建議道：「關羽現在還在渡江，我們要先下手，要是等他們上了岸**兵臨城下**，那就晚了。」曹仁就撥兵二千，命令呂常出城迎敵。

呂常帶兵來到江邊，關羽大軍已上岸，並排列好隊伍準備出戰。曹兵見關羽**殺氣騰騰**，部隊威風凜凜，都嚇得不敢上前，還沒交鋒就往回退走，呂常喝令也止不住。關羽帶兵衝殺過來，曹兵不戰而敗，損失過半，餘兵殘將退入樊城。

曹仁向曹操求救，曹操派于禁為

征南將軍、龐德為征西都先鋒，帶領七支北方強士重兵去救援樊城。龐德投降曹操前是劉備大將馬超手下的副將，為了表示自己至死效忠曹操的決心，龐德打造了一具棺材隨軍而行。

那天，關羽正坐在營帳中，聽報說龐德領了精兵在外叫戰，耀武揚威、**出言不遜**，關羽**嗤之以鼻**：「天下英雄一聽到我的姓名無不畏懼，這龐德小子竟敢藐視我？」他立即要出戰，關平阻止了他，自己先出去對付。

關平與龐德交戰三十回合，不分勝負。關羽氣得親自出馬，大叫道：「我關雲長在此，你龐德快快來送

死！」龐德也嘴上不讓人，叫關羽速速投降，不然就要取下他的腦袋。兩人交戰一百多回合，**刀光劍影**來回輝映，看得雙方士兵**目瞪口呆**。龐德手下擔心龐德堅持不了多久，關平也怕父親體力不及有所閃失，雙方都下令收兵。龐德回來對手下說：「人們都說關羽是萬人敵，今天我才相信。」

關羽對關平說：「龐德的刀法嫻熟，真是我的對手。」關平說：「父親不必為了殺這個小將而親自上陣，萬一有什麼意外，我如何向劉皇叔交代？」關羽說：「龐德如此囂張，不殺他怎麼發洩我**心頭之恨**？」

　　第二天，關羽與龐德又交戰了五十回合，龐德施展拖刀計，撥回馬頭拖着刀走，關羽追上前去，關平擔心父親中計，緊緊跟上。果然龐德突然轉身，搭弓向關羽一箭射來，射中關羽左臂，關平急忙護送父親回營。幸虧箭傷不深，拔去箭頭敷上金瘡藥膏治療便可。

關羽恨恨地說：「我一定要報此箭之仇！」眾人都勸他暫停出戰，好生養傷。

龐德叫戰十多天，關羽不應戰。于禁為了不讓龐德奪得首功，不允許他帶兵殺入關營，他還把七軍轉移到距離樊城北十里的山口，依山紮營。關羽聽說了這個消息，騎馬上山觀察。他看見于禁的兵馬屯駐在山谷內，又望見附近襄水的水流湍急，問了老鄉，知道這處地名叫罾*口川，不禁喜滋滋地說：「于禁一定會被我捉到，魚入罾口啊！」眾將都**不明其意**。

那時正是八月雨季，大雨連綿數

*罾（粵音增），是一種捕魚的方形網。

日。關羽命令手下準備船隻和水具，關平不明白，關羽便笑說：「于禁不在廣闊之地駐紮，而是聚兵在罾口川這樣險要之地，等到襄水氾濫，你就等着看好戲吧！」

一夜的**狂風暴雨**使襄水水位高漲，大水從四面八方湧來，水深幾丈。于禁的七軍慌了手腳，很多人掉入水中，其餘亂竄逃命，于禁和龐德帶領五六十人登上小山避水。關羽率領兵馬坐着大船而來，于禁投降。龐德死命抵抗，最後跳上小船想逃往樊城，被熟悉水性的大將周倉活捉，在關羽面前還**罵不絕口**，關羽命令刀斧

手把他推出去斬首。

關羽這一戰**神機妙算**，擒到兩大曹將，又水淹七軍，**戰果輝煌**。曹操指派的兩位官員胡修和傅方投降了關羽，而許都以南一些地方的盜賊也懾於關羽的威力，紛紛投降，甚至打出關羽的旗號成為起義兵。關羽一時威震華夏。

刮骨療毒

關羽趁着大勝之勢，親自領兵攻打樊城。他騎馬來到北門，見曹仁站在高台守城，便高聲喊道：「你們已是**窮途末路**了，還不快快投降？」

　　曹仁沒有回答，他看見關羽披着綠袍，護心盔甲沒遮到手臂，便下令五百名弓箭手一齊放箭。關羽勒馬回身時，右臂中了一箭，翻身落馬。

　　曹仁即令士兵衝出城來追殺，關平急急扶着父親邊殺敵邊回營。誰知那枝箭的箭頭有毒，拔箭一看，毒性已經滲入骨頭，右臂發青腫脹，不能動彈。關平和將領們勸關羽回荊州養傷，關羽很生氣，說：「眼下就要攻佔樊城了，怎可**半途而廢**？攻下樊城後便可**長驅直入**，徑直到許都殲滅曹賊，保住漢室，不能因為這小小箭傷誤了大事！」

　　關平不敢多言，只得四方求醫治

療。一天，關羽正和文官馬良下棋，手下來報告說有人坐着小船從江東前來求見。手下把這人引進前來，是一位頭戴方巾、身穿寬袍，手挽着一個黑色布袋的醫師。他自稱是來自沛國譙郡的華佗，因為敬仰萬人敵關羽將軍，特地來為將軍治療箭傷。關平聽說過這位名醫的事，高興地請他為父親治傷。

華佗看了關羽的右臂說：「這是中了烏頭的毒，毒性已經滲透入骨，若不及時治療，這條手臂就沒用了。」關羽問他怎麼治，華佗說：「必須割開皮肉見骨，用刀刮去骨頭

上的箭毒，敷上藥膏，然後縫好傷口。這個過程的疼痛常人**難以忍受**，所以要把將軍的右臂吊在鐵環上，用繩子緊緊綁住，並蒙住雙眼……」

關羽打斷他的話，笑着說：「我死都不怕，還怕這點痛？刮肉這麼容易的事，不用什麼鐵環、繩子！」他下令設宴招待華佗，喝下幾杯後就豪爽地說：「開始吧！」

華佗叫人拿來一個大盆，放在關羽腿上接血。他拿起一把尖刀割開傷口的皮肉，深入至中了毒的青骨。只見華佗用刀刮骨，發出「悉悉」聲，聽得眾人**心驚肉跳**、毛骨悚然。但

是，關羽卻**神色自若**，一邊與馬良下棋，一邊飲酒吃肉，絲毫沒有感到痛苦的神情。

　　不一會兒，華佗刮清了骨毒，敷上藥膏，把傷口縫好。治療完成，鮮血已經流滿一大盆。關羽伸伸右臂，高興地說：「哈，先生真是神醫啊，果然不痛了！」

　　華佗說：「我行醫一生，從沒見過如此**英勇無畏**的人，將軍真是天神啊！將軍的箭傷雖已經治療，但還需靜養，避免動氣，一百日之後右臂便會完全復原。」

　　關羽要以百兩黃金作為報酬，但華佗婉拒，只留下一瓶藥膏敷傷口，便告辭而去。

第五章
驕傲大意慘下場

恃勇自滿

劉備自稱漢中王後，任命關羽為前將軍，張飛為右將軍，馬超為左將軍，黃忠為後將軍。費詩奉命去授予關羽官印，關羽得知黃忠的地位竟和自己一樣，非常生氣，說：「大丈夫不能與老兵位列同級！」不肯接受任命。

費詩解釋說：「黃忠在漢中戰役中**勇冠三軍**，帶頭**衝鋒陷陣**，殺了曹操猛將夏侯淵，功勞不小。作為上了年紀的老將，能有如此戰績很不容易，主

公為此封他為後將軍以示鼓勵。」

關羽哼了聲，蠻橫地說：「人人都說這件事，但我沒有親眼看到，不作數！」

費詩對他**好言相勸**，說黃忠雖有這些功勞，但在劉備心中的地位輕重怎比得上他關羽？目前五虎將中關羽是第一位，這是大家公認的。這次封將的同時，關羽和張飛還獲得劉備贈送黃金白銀、錢幣錦帛，足見劉備對弟兄的愛。如今若是不接受任命，會影響義兄弟情誼，以後會後悔的。

關羽聽後醒悟過來，才接受任命。

關羽對左將軍馬超也是不服的。劉備攻打劉璋時，馬超投降了劉備，一起攻打成都，而在漢中戰後馬超聯名上書推崇劉備為漢中王。關羽不認識馬超，但是聽說他的名氣很大，心中很**不以為然**。

如今，關羽知道馬超被封為左將軍，與老將們一起列為五虎將，他心中很不舒服，便寫信給諸葛亮問道：「這個年紀輕輕的馬超武藝才能，可以和誰相比？他有什麼資格被封為左將軍？」

　　諸葛亮了解關羽的心思，知道他**心高氣傲**，不喜歡別人比自己強，就回信安撫他：「馬超能文能武，勇猛過人，是一代豪傑，是漢高祖時代的猛士黥布、彭越一類的人物，也可與張飛**並駕齊驅**爭個先後。但是，怎比得上您美髯公的**超凡絕倫**啊！」因為關羽蓄有一把長鬚，所以諸葛亮稱他為「美髯公」。

　　關羽得到諸葛亮的這個誇獎非常開心，就把信給眾人看，心中很是得意。

惡言拒婚

面對關羽攻打樊城的氣勢，曹操也慌了神，甚至一度想遷都以避開關羽的凌厲鋒芒。軍師司馬懿出主意，説何不聯絡東吳，答應把江南之地封給孫權，約他一起夾攻關羽，樊城的危機就能解決。

孫權接到曹操的信**正中下懷**，因為劉備勢力**突飛猛進**，使他深感不安，假如劉備控制了長江上游地區，東吳就無法獨自佔據長江天險了。何況，另有一事使孫權對關羽**心懷不滿**……

孫權雖然擔憂劉備的實力，但是他心裏明白，曹操對東吳的威脅更

大。所以孫權之前不想與劉備公開對抗，而是要用其他辦法牽制劉備。諸葛瑾為孫權出主意，想到用政治聯姻的手段：關羽有一女兒名關鳳，正**待字閨中**；孫權的兒子孫登也正值成家年齡。如果這兩家結親，將來若是東吳和劉備動起干戈，關羽也會因為女

兒的安危而**有所顧忌**吧。

孫權很贊同這個辦法，在關羽北伐樊城之前，就派諸葛瑾代兒子向關羽提親，滿心以為可以成事。誰知關羽聽明來意後**大發雷霆**，向諸葛瑾吼道：「真是笑話！我關雲長所生的虎女怎能嫁給一個犬子！」

諸葛瑾還絮絮地向關羽解釋兩家結親的好處，關羽大怒道：「別再多說了，要不是看在你弟弟的面上，我會立刻斬了你！」他氣得飛起一腳，踢翻了取暖用的炭盆，嚇得諸葛瑾連忙告退。

關羽稱自己的女兒是虎女，也不是沒來由的。關鳳雖然長得嬌小柔

美，卻像父親一樣性格豪爽，喜歡**舞刀弄槍**，她拜趙雲為師練武，還常上戰場殺敵，立過戰功，關羽寵愛她如**掌上明珠**，怎麼捨得把她嫁到東吳成為孫權的政治資本呢！

諸葛瑾回去後，如實向孫權報告。孫權當然大怒：「這個關羽出言不遜，太無禮了！」自此更堅定了他與曹操聯手攻打荊州的決心。

大意失荊

於是孫權與武將呂蒙商量對付關羽的策略，他們布置了一個陰險的計謀引誘關羽入彀。

關羽見呂蒙屯兵陸口，擔心自己趁勝去打樊城時呂蒙會在背後捅刀，所以他臨走前囑咐糜芳和傅士仁一定要守住荊州，並留下大部分兵力在南郡。關羽又沿江每二三十里設防，建起烽火崗哨，萬一荊州有事，他可接報後趕回來。

關羽接到情報，說呂蒙的舊疾胃病發作，情況嚴重，孫權批准他回建業養病，由偏將軍陸遜代替他守陸口。關羽大喜，說：「呂蒙一走，我心頭大石落地！看來孫權**見識短淺**，竟任用陸遜這年輕小將，不足為懼！」

　　陸遜上任後立即派人向關羽送上禮品和一封信，信中用謙卑的口吻恭維關羽的英勇戰績，盡述自己敬畏之情。關羽收禮閱信後哈哈大笑，心中**飄飄然**，更不把陸遜放在心上，並且把防守江陵的大部分部隊也調往樊城前線。

　　關羽在樊城前線的兵馬越來越多，加上于禁的投降士兵數萬人，軍糧很快就告絕。關羽責怪糜芳和傅士仁運糧工作沒做好，揚言說日後回去要治他們罪。情急之下，關羽派兵搶了孫權的一個糧倉，這下孫權出兵就有了藉口。於是，呂蒙突然病癒回

來了，被任命為大都督，統領江東軍
馬，點兵三萬，快船八十多艘，準備
開戰了。

那幾天，潯陽江上出現了一列裝
載着貨物的船隊，船上人士都穿着商
人常穿的白衣衫，夜晚停泊江邊。關

羽沿兩岸設防的崗哨查問時，船隊回答是經商的商船，到此避風。但是到了半夜，船上的士兵脫下偽裝，攻下烽火崗哨。東吳兵就在呂蒙統領下如此一路拔除了關羽的崗哨，**長驅直入**抵達荊州城下。呂蒙善待俘虜的官兵，要他們叫開城門。守城士兵見是自己的荊州兵，毫無戒心就開了門，東吳兵一擁而入，輕鬆奪回了荊州。呂蒙對關羽及降兵的家屬都加以安撫和優待，還下令軍隊不得侵擾百姓，籠絡了人心。

驕傲輕敵的關羽，對呂蒙的這次襲擊行動竟毫無察覺，**渾然不知**。

敗走麥城

孫權寫信給曹操，說了東吳的戰績，並表示將進一步攻取關羽的兩處軍事要塞公安和江陵，提出雙方聯手討伐關羽。曹操一方面派徐晃去配合東吳攻打關平駐軍的偃城，一方面把孫權要攻打江陵的消息寫在紙條上射到樊城內外，樊城守軍的士氣大增。此時樊城外面的洪水已經退去，關羽已經失去了優勢。

關羽聽說呂蒙佔領了荊州的消息時不相信，怒喝道：「這是敵人在造謠，想動搖我軍心！呂蒙不是在建業病危嗎？陸遜這小子不會有所作為

的！」但此時兵敗回來營寨的關平說徐晃已奪下偃城，正帶兵過來。關羽立刻上馬去迎戰，關平想勸阻他，也制止不了，關羽說：「我知道徐晃的能耐，讓我來收拾他吧！」

關羽的右臂雖然傷勢已退，但畢竟力氣不如以前，他和徐晃交戰八十多回合仍**不見勝負**，關平忙叫收兵。此時，樊城內曹仁聽說徐晃帶兵來救援，便也殺出來**兩面夾攻**，徐晃攻勢凌厲，關羽的士兵大亂。

關羽帶了眾將奔向襄江上游，渡江去襄陽。路上接報說荊州被呂蒙奪回，家眷被抓，關羽大驚，改去公

安。途中又獲報説公安的傅士仁已經
和守南郡的糜芳一起投降了東吳。關
羽一聽**怒火中燒**，傷口爆裂，昏倒在
地。

　　眾人把關羽救醒後，他憤憤發誓道：「一定要奪回荊州，不然沒臉見大哥！」他派人送戰書給呂蒙，呂蒙卻發動了關羽部隊士兵的家眷寫了一大堆家信，說家中一切安好，不缺吃喝，盼望團聚等等。士兵們看信後都喪失了打仗的念頭，在殺回荊州的路上很多將士偷偷溜走，離開隊伍回家了。

　　一路上關羽又受到丁奉、徐盛、蔣欽等東吳三面人馬的圍困夾攻，身邊只剩下三百多人。關平對父親說：「軍心已亂，敵眾我寡，附近的麥城雖是個小地方，但可暫時屯兵。」於是一行人退到麥城，讓廖化向附近的

上庸一地跟劉封、孟達求援。

　　誰知孟達不願惹怒實力強大的曹操和孫權，而劉封覺得作為義父的劉備一向不重視他，**心懷不滿**，也不願去作無謂的犧牲。關羽沒等到援兵，卻見諸葛瑾來勸降，說若是現時投降東吳，一定能得到善待，還說**識時務者為俊傑**。

　　關羽心煩氣悶，聽完諸葛瑾所說，拿起一塊白玉往地上重重一摔，白玉粉碎。他正色道：「我是一名武夫，承蒙大哥以手足相待，共同為漢室而戰，怎能**背信棄義**投降叛敵？若是城被攻破，我只有**以身殉國**。一塊

玉可粉碎但不改潔白，一根竹可被燒毀但不彎竹節。你別多說了，快快回去，我要和孫權**決一死戰**！」

諸葛瑾回去跟孫權報告，孫權聽了忍不住稱讚關羽真是一名忠臣。

等不到援兵，關羽決定衝出重圍。他把王甫和周倉留在麥城等救援，令人把旗幡做成人像豎立在城牆上迷惑敵人，自己帶了關平及其餘二百多人從北門突圍，想往西去劉備那裏。但是呂蒙早就在往益州的路上設下埋伏，關羽帶兵邊戰邊走，最後隨行的只剩下十幾個人。

天快亮時，又遇到一支埋伏兵，

關羽身下的赤兔馬被絆馬繩勾倒，關羽翻身落馬，被吳兵**一湧而上**先用鈎子扣住，然後**五花大綁**押去見孫權。關平得悉父親被擒，火速前去救援，但最終力竭被擒。

　　孫權敬重關羽是位豪傑人物，還是**以禮相待**，沒有侮辱或虐待，並當面勸他投降。關羽屬聲大罵：「我與皇叔桃園結義，發誓扶助漢室，豈能和你們這些背叛漢室的鼠輩小人為伍？這次中了你們的奸計，只有一死，不必多說什麼了！」

　　應該如何處置他，孫權很猶豫。身邊的大臣提醒他說，以前曹操也以上賓對待關羽，但他臨走卻過五關斬六將，其後反成為禍害，所以，不能**重蹈覆轍**啊！

　　孫權想了一會，終於下令把關羽父子推出去斬首。關羽**大義凜然**，面

不改色，昂然就義，死時五十八歲。

孫權擔心劉備會前來報復，便把關羽的首級放在一個木盒送到曹操那裏，企圖嫁禍給曹操。曹操收到木盒後，安排用沉香木刻了關羽的身軀，裝上頭顱，以王侯重禮把關羽葬在洛陽南門外。

漢中王劉備聽說關羽遇害後，哭倒在地，被救醒後仍**悲痛欲絕**，一日大哭三、五次，三天不吃不喝只是痛哭，還在心中埋下了討伐東吳**報仇雪恨**的種子。

那時，正是建安二十四年（公元219年）十二月，自此劉備與孫權徹底

決裂，三分天下的局勢嚴重失控，諸葛亮隆中對的布局全被打亂。

＊　　　＊　　　＊　　　＊

關羽慷慨就義，而他忠義勇武的形象倍受中華文化推崇，多次被歷代帝王褒封：公元260年蜀漢後主劉禪追諡關羽為壯繆侯；之後宋、元、明、清皇帝都曾對關羽加封，直至封為「武聖」，與「文聖」孔子齊名。

民間則尊稱關羽為關公、關聖帝、關帝爺、關二爺……甚至因為曹操曾厚愛關羽，重賞他金銀無數，「上馬一錠金、下馬一錠銀」，讓人們認為關羽有財運，尊稱他為「武財

神」。全國各地，甚至在東南亞一些國家都有無數拜祀關羽的關帝廟，香火鼎盛。

　一代名將隕落，但他**義薄雲天**、忠義俠膽、**正氣凜然**的精神永垂青史。

下冊預告

下一位出場的人物是誰?

他生得眉清目秀,相貌堂堂。

他娶得江東二喬中的小喬為妻。

他既有上陣殺敵的膽色,也有與諸葛亮鬥智鬥力的智慧。

他是誰?

欲知下冊人物故事,且看《三國風雲人物傳9》!

三國風雲人物傳 8
關羽的顯赫戰功

作　　者：宋詒瑞
插　　圖：HAND SOLO
責任編輯：陳奕祺
美術設計：李成宇
出　　版：新雅文化事業有限公司
　　　　　香港英皇道 499 號北角工業大廈 18 樓
　　　　　電話：(852) 2138 7998
　　　　　傳真：(852) 2597 4003
　　　　　網址：http://www.sunya.com.hk
　　　　　電郵：marketing@sunya.com.hk
發　　行：香港聯合書刊物流有限公司
　　　　　香港荃灣德士古道 220-248 號荃灣工業中心 16 樓
　　　　　電話：(852) 2150 2100
　　　　　傳真：(852) 2407 3062
　　　　　電郵：info@suplogistics.com.hk
印　　刷：中華商務彩色印刷有限公司
　　　　　香港新界大埔汀麗路 36 號
版　　次：二〇二三年六月初版

ISBN: 978-962-08-8217-3
© 2023 Sun Ya Publications (HK) Ltd.
18/F, North Point Industrial Building, 499 King's Road, Hong Kong
Published in Hong Kong SAR, China
Printed in China